PAUL MARROT

LE CHEMIN DU RIRE

POÉSIES

Daniele. — Les Soupeuses. — La Loi des choses.

Les Paradis ironiques.

PARIS

ALPHONSE LEMERRE, ÉDITEUR

27-31, PASSAGE CHOISEUL, 27-31

M D CCC LXXXI[illegible]

AU LECTEUR

Les baisers, les jeunes baisers,
Qui sonnaient, fiers comme des fifres,
Sous la porte étroite des chiffres,
Bientôt passent désabusés.

Étranglés par de fausses tresses
Ils meurent. Requiescant in
Pace ; *n'engendrons pas le spleen*
Sur le tombeau de nos tendresses.

Certes, les choses ont des lois,
Passablement naturalistes,
Comme disent les journalistes ;
Les cieux ! qu'ils sont vides et froids !

La science a soufflé brutale
Les vieux flambeaux. Vale Stella!
Tâchons de bien vivre, ayons la
Résignation joviale.

Si tu fais un bout de chemin
Avec moi, lecteur, sur la route,
Camarade narquois, le Doute
Nous prendra bientôt par la main.

Le Doute est bon, il met à l'aise.
Pour les espoirs ou les douleurs
Il a des gestes persifleurs,
Dans son costume à la Française.

C'est un médecin élégant;
Il m'a guéri de mes croyances;
Il vous opère sans souffrances...
Pourtant, si tu voyais son gant

Se déchirer, lecteur, pardonne;
La route offre des carrefours
Où l'ironie a des retours
Et mord la lèvre qui chansonne.

Sur les poteaux indicateurs
Je me disais : Que vais-je écrire?
J'ai mis ces mots : Chemin du RIRE.
Nous verrons bien s'ils sont menteurs.

I

DANIELE

I

Assiettes peintes.

J'ESTIME cette vieille auberge
Que la grande ville n'a pas;
Dans la salle au rideau de serge
On fait d'impayables repas.

On apporte d'abord la pinte
Où pétille un vin ferme et vert;
Dans une grande assiette peinte,
Un aubergiste lent vous sert

Soit quelque fruit, soit des rillettes,
Comme les fermières en font;
Et votre œil suit sur les assiettes
Les beaux dessins qui sont au fond.

On les contemple : sous l'ombrage
Ce sont des amoureux furtifs
Qu'un Palissy de bas étage
Fixa sur des émaux naïfs;

Dans un encadrement très souple
Fait de charmes et d'aubépins,
Est assis un champêtre couple
Qui se donne des baisers peints.

Le berger porte une jaquette
Rouge et la bergère a des bas
Jaunes; le gars tout bas caquette,
La fille jacasse tout bas.

C'est si vif qu'on croit les entendre;
Et pour un peu vous craindriez
Qu'un vieux jaloux vînt à surprendre
Leurs rendez-vous coloriés.

Et quand l'hôte, de sa main rude,
Les reporte au dressoir, on suit
D'un regard plein d'inquiétude
Leur silhouette qui s'enfuit;

A leurs destins on s'intéresse;
On a peur, on tremble pour eux,

Que l'hôte dans sa maladresse
Ne casse leur bonheur en deux;

Qu'un heurt, une chute soudaine,
Ne mette en morceaux leurs amours,
Et divisant la porcelaine,
Ne les sépare pour toujours.

II

Le Tabouret.

Dans le boudoir, fermé par le rideau qui traîne,
Où l'ombre livre au jour de mystiques combats,
A vos pieds, je m'assieds quelquefois, ô ma reine!
A la façon des Nains, sur un tabouret bas.

Là, pendant que vos doigts distraits font une étude
De coiffure nouvelle, entrevue hier au bois,
Pensif, dans la candeur de ma béatitude,
Les mains jointes, les yeux sur vous, l'âme aux abois,

Le cœur comme cousu dans le linceul du songe,
Je poursuis, aux lueurs tremblantes de vos yeux,
Une adoration lente qui se prolonge
Dans un énervement doux et voluptueux.

Alors, quand ma ferveur vous met trop mal à l'aise,
Quand vous trouvez avoir permis trop d'abandon
A mon regard, si lourd d'extase qu'il vous pèse,
Vous me dites, en vous penchant : « Lève-toi donc! »

Et puis, vous prétextez le désir d'une chose
Qui me force à quitter mon cher poste à vos pieds :
« Petit, apporte-moi ce flacon, cette rose;
« Les vers que tu me fis sont-ils tous copiés?

« Va me chercher l'album, ce livre qui console
« Par un mot, d'un amour que la pudeur céla,
« Vois donc si mon coffret n'est pas sur la console,
« Petit, va me chercher ceci, porte cela. »

Ma reine, si je reste à votre ordre insensible,
Si pour vous obéir je ne fais point un pas,
N'armez point de fureurs votre beau front paisible,
Ne me condamnez point et ne m'en veuillez pas;

Car je ne sais quel trouble inexprimable et tendre
Éclos dans votre cœur vient envahir le mien;
Votre main tremble tant que je ne puis rien prendre,
Vos yeux sont si troublés que je n'y vois plus rien.

III

Chanson de Page.

Je rêve de ces jeunes pages
Qu'un enlumineur esquissa
Aux vignettes des vieilles pages,
Tout petits, — pas plus hauts que ça.

Câlins, près de la châtelaine,
Ils semblent très heureux ; ils ont
Le doux baiser de son haleine,
Tout juste à la hauteur du front.

Faites attendre au vestibule,
Madame, ces reîtres hâbleurs ;
Car leur allure est ridicule,
Leurs éperons coupent les fleurs.

Je disparaîtrais sous leur casque ;
Ils m'écraseraient dans leur poing ;

Mais mon léger tambour de basque
Fait des tours qu'ils ne savent point.

Devant ma requête narquoise
Ne prenez pas un air fâché;
Un amant d'une demi-toise
Ce n'est pas un bien gros péché.

Bast! ma taille est peu coutumière
Des manteaux de carabiniers;
Mais, un jour, par contre, ma bière,
Si vous voulez, aura sept pieds.

Et vous verrez : la Poésie
Chantera, pleine d'enjouement,
Sur mon drap noir. — Ma fantaisie
Égayera l'enterrement.

Et le soir de ce jour peut-être,
Si vous êtes de moi rêvant,
Entendrez-vous à la fenêtre,
Quelque murmure dans le vent.

Ce sera moi, ma belle dame,
Je reviendrai causer tout bas,
Bien bas, à la façon d'une âme
Que le ciel ne contente pas.

Je ne serai point un fantôme
Orné d'un linge exagéré;
Non; un flocon, moins qu'un atôme,
Un rien — et je t'en conterai!

Je te mumurerai des choses
A faire distendre ton busc,
Des babillages non moroses
Plus insinuants que le musc.

Je vois la scène qui s'agite :
Tu veux fuir et je te retiens;
Je vois une âme très petite
Qui t'intéresse avec des riens;

L'âme te dit ce qu'il faut dire
Pour épanouir ta gaité;
Elle te dit que ton sourire
Est son espoir d'éternité.

Tu souris : soudain, les causettes
S'arrêtent; l'âme saute, et prend
Pour tombe une de tes fossettes;
Car une fosse — c'est trop grand.

IV

Sonnet.

Enfant, vous accusez bien à tort une femme
Qui brûle de céder, mais ne veut pas s'offrir ;
Vous croyez qu'il suffit de lui crier : « Sésame ! »
Pour voir tous ses trésors voluptueux s'ouvrir.

Trop souvent, dans l'amour, sa part est la souffrance ;
Aussi, vous n'avez pas raison d'être surpris
De n'avoir recueilli que des indifférences,
Où vous pouviez fort bien récolter des mépris.

Orgueilleux vous comptiez, dans une même aurore,
Semer la fleur d'amour, la voir germer, éclore,
Et la cueillir ! Allez, ou persévérez mieux !

La fièvre des printemps, ô cher fou, vous enivre,
Vous êtes comme ceux qui ferment un beau livre
Parce que les premiers feuillets sont ennuyeux.

V

Vénus vierge.

La madone, aux longs yeux baissés,
Se dressait dans sa robe blanche,
Qui dessinait sa chaste hanche
Et son sein vierge de baisers.

Humble dans son éternité,
Elle était douce autant qu'austère,
Ses bras se tendaient vers la terre,
Avec une immense bonté :

Le marbre était des mieux venus,
Si bien qu'un sculpteur sacrilège
De la Vierge, aux blancheurs de neige,
Rêva de faire une Vénus.

Le sculpteur égaya les yeux ;
Et, d'après d'antiques esquisses,
Dégagea le corps et les cuisses
Du pli des vêtements pieux.

On vit palpiter les contours,
Délivrés du manteau sévère,
Et des flancs de la Vierge mère,
Naquit la mère des Amours.

Voulez-vous de moi pour sculpteur,
O Daniele! et que je fasse
Luire un rayon sur votre face,
Où respire trop de hauteur;

Livrez à mon désir pressant,
Dans une très discrète orgie,
Vos formes d'exquise effigie,
Marbre veiné par votre sang.

La madone ne pouvait pas
Reprendre sa robe en poussière;
Mais la vôtre, restée entière,
Vous voile au sortir de mes bras.

Donc aimons-nous, — et puis passez
Par le monde, chaste et prudente,
Gardant une flamme latente
Dans vos yeux, vos longs yeux baissés.

VI

Strophes d'Amour.

On dit les bois en fleurs ; — j'aime bien mieux ta chambre
Aux murs capitonnés, aux longs tapis de peaux,
Où les coussins soyeux, foulés par ton repos,
Gardent le moule exquis de ton corps qui se cambre.
On dit les bois en fleurs.

On dit le soleil chaud au dehors; qu'il éclate!
Nous, fermons les volets pour déguster l'amour.
Ne laissons point entrer un seul rayon de jour;
A la lampe ajustons l'abat-jour écarlate;
On dit le soleil chaud.

On dit l'oiseau pimpant; ses grâces éveillées
Animent le grand bois qui renaît et verdit;
On dit... Je ne veux pas savoir tout ce qu'on dit.
Laisse à ton sein monter mes mains émerveilllées;
On dit l'oiseau pimpant.

Il fait bon de s'étendre en d'épaisses prairies,
Où la double fraîcheur de l'arbre et du gazon
Attiédit la trop vive ardeur de l'horizon;
Mais cela ne vaut pas nos longues coucheries.
Il fait bon de s'étendre!

Ne parlons pas des fleurs, parce qu'elles languissent,
Qu'elles ne durent pas toute une éternité,
Et, belles un printemps, dès qu'apparaît l'été,
Dans un adieu fané se penchent et périssent;
Ne parlons pas des fleurs.

Le soleil et l'oiseau n'ont qu'un temps; notre extase
A nous, chère, sans soir, sans été, sans trépas,
N'imitera jamais, — oh! jamais, n'est-ce pas, —
Quand l'oiseau meurt aux feux du couchant qui s'embrase
Le soleil et l'oiseau?

Hélas! quand on revient des grandes promenades,
Muets, un peu grisés d'avoir bu trop d'air pur,
Le soir morne, là-bas, ensanglante l'azur,
Les cœurs sont fatigués et les lits sont maussades,
Hélas, quand on revient!

Restons chez nous, tout seuls, comme des égoïstes;
Fuyons cette Nature et ses fragilités,
Ses deuils fréquents d'amour et ses promiscuités;
Nous nous créerons, vois-tu, des mondes bien moins tristes;
Restons chez nous, tout seuls.

L'homme est seul inventeur de choses éternelles;
Sa foi survit à tout : tout a beau trépasser,
La foi vit. Clos les yeux et crois à mon baiser,
Et gardes-en toujours le feu dans tes prunelles.
L'homme est seul inventeur.

Inventons un devoir; il n'est point si farouche,
Le Devoir ignoré des bêtes; il est doux;
On le place où l'on veut... Eh bien, figurons-nous
Que le nôtre est d'avoir ta bouche sur ma bouche.
Inventons un devoir.

Oiseaux, fleurs et soleil, restez bien loin; la flamme
De la lampe suffit, puisque nous nous voyons!
Le temps éteint vos voix, vos parfums, vos rayons;
Nous, pour l'éternité nous vous avons dans l'âme,
Oiseaux, fleurs et soleil!

VII

Caresse.

... Restons muets, ne disons rien,
Ne troublons pas le chaud silence,
Où dans la demi-somnolence
L'amour nous berce; on est si bien!

Chut! — je compte, dans ma langueur,
Chaque battement de ton cœur,
Chaque soupir de ta tendresse.
Car je les tiens sous ma caresse,
Tes seins, tes beaux seins délacés,
Ainsi que des nids renversés,
Où l'on entendrait des oiselles
Prisonnières, battre des ailes...

VIII

(Fragments.)

. . . .

D'abord, ce n'était rien; j'arrivais; doucement,
Nous causions; nos regards se croisaient sans tourment.
Peu à peu, sans savoir, en mon âme abusée,
Je collectionnai, comme dans un musée,
Chaque geste de toi, chaque charme nouveau.
Puis, je ne sais quel philtre enivra mon cerveau.
Je compris, saisi d'une émotion profonde,
Qu'un bouquet de jasmin pût contenir un monde.
Tout ce dont j'avais ri, tout ce que je niais,
Les tirades des vieux romans les plus niais :
« Serments, » « aveux, » « soupirs, » la banalité peinte
En vieil azur, brûlaient mon cœur comme une absinthe;

Tel qu'un dégustateur, plein de soupçon, je bois
Tes moindres mots, je suis l'espion de ta voix...

Oh! ne pas-être aimé, par-dessus tout! Je souffre
De ce que dit ta bouche et de ce qu'elle tait.
Pour te faire aimer tant de moi, que t'ai-je fait?
. . . .

Maintenant, quand tu dors et quand tu ne dors pas,
Quand tu marches et quand tu ne fais point un pas,
Quand tu pleures et quand tu ris, quand sur un livre
Tu penches ton beau front, quand tu te laisses vivre
Simplement sous mes yeux, je suis triste. O mon Dieu,
Que le coin de ta lèvre, en remuant un peu,
Soulève donc en moi d'extases et de crainte!
Pour endormir ma peine il n'est que ton étreinte.
. . . .
. . . .

Je m'étais composé comme un comédien,
C'est vrai! Je me disais : le rire fera bien;
Je voulais te bercer de caresses félines;
Je m'exerçais à des sveltesses de gamin,
De tourneurs de couplets, de mangeurs de pralines...
Ton regard m'arrêta tout net sur mon chemin.
Je ne sais pas pourquoi j'ai flatté ton sourire;
Ce que je t'en disais n'en voulait point tant dire,
Et ne méritait pas surtout ce lourd cadeau :
Ton amour, que mon cœur porte comme un fardeau.

Je t'aime donc; je t'aime; et le faux petit page
Qui s'annonçait un soir par un léger tapage,

A tes volets, saigne et languit comme un blessé;
Tu m'as pris dans ton cher sourire, ta parole
A fait tomber mon masque; et le fard de mon rôle
S'est, au doux frôlement de ta lèvre, effacé.

Des vieux m'ont dit : « Ce sont des phases de la vie,
La jeunesse est nerveuse et veut être assouvie;
Mais cela passera. » Moi, je sais bien que non.
Eh! peuvent-ils, ces vieux, mesurer mes ivresses,
A moi qui trouve au fond de tes moindres caresses
L'âme de Madeleine et la chair de Ninon?
. . . .
. . . .

1874.

IX

L'Ombre d'autrui

Quand les sangles des lits sonores.
Gémissent sous nos poids unis,
Narguant les amateurs d'aurores,
Je voudrais des soirs infinis.

Sous les courtines, où j'allonge
Mon corps par ton corps excité,
Je te presse, comme une éponge,
Pour boire toute ta beauté.

Et lorsqu'après la chaude ivresse,
Après le délire énervant,
Incomparable de paresse,
Tu t'endors, la poitrine au vent;

Après t'avoir vue, en des phases
Intenses, passer et frémir,

Les yeux ouverts par les extases,
Je veux encor te voir dormir.

Aux feux très doux de la bougie
Je m'abreuve de t'admirer;
J'ausculte ta gorge rougie,
Et je t'écoute respirer.

Alors, si je te vois sourire,
Si dans ton rêve effarouché,
Tes membres me semblent souscrire
A quelque lubrique marché;

Si ta face devient hagarde,
Je crois, désirant ton réveil,
Qu'une apparition paillarde
Abuse de ton cher sommeil;

Et quand les voluptés suantes
Jettent leur écrin sur ton front,
Jaloux des songes que tu hantes,
Mon cœur ressent comme un affront.

Une ombre qui n'est pas la mienne,
Un fantôme qui n'est pas moi,
A fait de ma place la sienne
Et s'est glissé le long de toi.

Quelle est la forme vaporeuse
Qui t'a donné des rendez-vous ?
Sors du sommeil, mon amoureuse,
Je suis malheureux et jaloux.

Laisse-moi mordre ton oreille !
Qu'en maudissant ce faux départ
Ma douce morsure t'éveille...
Tu souriais — j'en veux ma part.

Tu ne perdras rien, je m'engage,
Chassant le fantôme, après lui,
A poursuivre le doux ouvrage
Commencé par l'ombre d'autrui.

Sors des vains songes ! — Abandonne-
Toi dans mes bras chauds et réels.
Réveille-toi ; je te pardonne
Ces péchés immatériels.

X

Baiser dernier.

Ce n'est plus du délire excessif, c'est un spasme
Amoindri, ce baiser froid, sans enthousiasme,
Qu'on prend pour en finir et qui vous paraît long,
Et qui coupe vos reins d'une sangle de plomb.

Le cerveau voilé comme en une tabagie,
On retombe, aussi lourd qu'un marbre d'effigie,
Lentement, dans la place où l'on était couché,
Le sang est mort, le cœur comme un fruit desséché.

Mais le baiser à nous qu'on se donnait pour clore
La nuit était toujours aussi frais qu'une aurore,
Quand même de fatigue il nous eût fait périr :
Mourir en l'étreignant, est-ce que c'est mourir !

. . . .

Je me souviens aussi d'un baiser sur sa joue,
Très chaste. Je partais... Nous entendions la roue
Des trains... Calmes, mes yeux mentaient à ma rancueur ;
Et c'est ce baiser-là qui m'éreinta le cœur.

II

LES SOUPEUSES

XI

La première Soupeuse.

Je vois, sous un berceau de fleurs, le jeune Adam,
L'air penché, peu sensible à toutes les délices,
Morne; le Paradis semble fait pour son dam;
Fruits exquis, dont la chair fend les pelures lisses,
Oiseaux, taillis ombreux, clartés des belles nuits,
Rien ne le charme; il a les yeux voilés d'ennuis.
C'est qu'Ève n'est plus là, tout près; c'est qu'il endève
D'être ainsi délaissé déjà, car il est fier
Et qu'il a les candeurs de l'homme né d'hier.

L'homme, tableau navrant, languit d'amour; mais Ève,
Ayant miré ses dents aux ruisseaux du verger,
Se croit faite, surtout, pour croquer et manger.
Elle s'en va pillant la récolte des branches,

La chère vagabonde ! A chaque mouvement
L'heureux homme aperçoit la blancheur de ses hanches
Que fouettent les rameaux dans leur balancement.
Lui, ne la quitte point du regard ; elle, mange.
Adam s'illusionne étrangement ; parfois —
Voyant de loin le jeu de la bouche et des doigts
Il dit : « Ève m'appelle. » — Ève suce une orange.
Et quand il croit à des baisers multipliés
Envoyés gentiment par la belle nomade,
Ève picore, grain par grain, une grenade.

Hélas ! vos deux destins pour toujours sont liés,
Pauvre homme ! Mais voici venir ta charmeresse
Vers toi, les bras tendus... Que va-t-elle t'offrir ?
Une excuse câline, un soupçon de caresse ?
Non, c'est le fruit banal qui nous fit tous mourir.

Maintenant, exilé de la contrée heureuse,
Adam ! va disputer ses pâtures au loup,
Pour qu'Ève puisse encor manger, ferme et beaucoup,
Adam ! toi que perdit la première soupeuse !

XII

La Légende des Huîtres.

15 avril.

Les vins dont tu lorgnas la mousse sous les vitres,
Mignonne, vont jeter leurs coiffes au plafond;
Nous aurons un menu très friand. Quant aux huitres,
Je te laisse à penser quelle mine elles font.

L'huitre est fort bien dans des grands plats en pyramides;
Un gourmet familier du lointain lord Seymour
A dit, dans un traité sur ces bêtes timides,
Que l'huitre est l'animal préféré de l'amour.

Zeus (en français Jupin) affectionne l'aigle,
Poseidôn le cheval, Priapos l'âne, Pan
Les chèvres, Demeter, ceinte d'orge et de seigle,
Le pourceau, Hephaistos le chien, Héra le paon.

Cela, plusieurs l'ont dit en vers de toutes tailles ;
Mais ce qu'il nous faudrait imprimer en carmin,
C'est que Vénus, songeant aux futures batailles,
Surgit des flots, avec un mollusque à la main !

Et l'amour, fatigué des classiques emphases,
Est venu dire un soir aux huitres dans leur parc :
— « Vous me plaisez, car vous ne faites pas de phrases, »
Leur coquille aiguisa les flèches de son arc.

Huîtres, philtres subtils, tous les cœurs qu'on imprègne
De vos parfums vivants se déclarent battus ;
L'aïeul Horatius vous adorait ; Montaigne,
Qui n'avait foi dans rien, croyait à vos vertus !

Mais vous êtes surtout modernes, mes amies.
Notre appétit lassé par nos fiévreux tourments,
Se vivifie et sent ses vigueurs raffermies
Par la fraicheur de vos épanouissements.

Et la belle petite, en vous voyant, tressaille
D'allégresse ; rieuse, au début du souper,
Elle puise l'entrain dans l'eau de votre écaille,
Où son baiser banal semble se retremper.

Hélas ! je sais aussi des scènes regrettables
Que vous encouragez, malgré vos airs naïfs...

Murs des petits salons, et vous, petites tables,
Et vous, si vous parliez, ô contrats, ô canifs!

Chut! ne médisons point, car les voilà parties
Les huitres, et c'est mal d'attaquer les absents.
Voici les mois sans *r* — et les fines parties
Ont une note en moins pour la chanson des sens.

Mais non; l'amour y veille et tout s'arrange, en somme;
Par un retour il sait compenser un exil;
L'huitre fuit quand paraît Printemps, ce blond jeune homme,
Qui mêle au vin qu'on boit de la sève d'avril.

XIII

Les Femmes qui passaient.

J'ai souvenir encor des femmes qui passaient
Et qui sur moi jetaient en passant leurs yeux fixes,
Séraphins de candeur, ou méprisables nixes?
Je l'ignore, — mais leurs sourires m'embrasaient.

Peut-être elles riaient pour se moquer, par vice,
Parce que j'étais trop naïf et que j'avais
Cet air sauvage et doux de l'éphèbe novice,
Et que j'étais timide et que je le savais.

Que sais-je? — mais plus d'une, au détour d'une rue,
Que je n'attendais point et qu'on n'en priait pas,
Ralentissait l'essor cadencé de son pas,
Pour rester à mes yeux plus longtemps apparue.

Voir plus longtemps passer est un plaisir bien nu,
Surtout quand un sang jeune et chaud bat sous vos tempes;
Pourtant on me laissait, comme aux ventes d'estampes,
Emporter sans payer le plaisir d'avoir vu.

Mais je ne faisais rien pour saisir cette proie
Et simple, je n'osais pas dire : « Voulez-vous? »
A ces cœurs ou ces corps, très ardents ou très doux,
Qui semblaient m'inviter et s'offrir à ma joie.

Oui plus d'une pourtant réclamait mon abord,
Ses yeux disaient : « Allons, viens-tu, que vas-tu faire? »
On se serait peut-être aimé d'amour sincère!
Et je passais! Pourquoi? — Ce n'était pas mon sort.

Maintenant je voudrais avoir ce destin rare :
Tirer à moi du fond obscur de mon passé,
Préfaces de roman, préludes de fanfare,
Tout ce qui m'a souri, tout ce que j'ai laissé.

J'en voudrais tenir une à la fois ange et fauve
Qui, reliant ces fils épars qui se cassaient,
Réalisât en bloc, sous le ciel de l'alcôve,
Tout ce que m'ont promis les femmes qui passaient.

XIV

Nocturne.

Gilda, du spasme qui m'enivre
Le moment sonne. — Attention !
Pour Paphos le soir nous délivre
Des cartes d'invitation.

Un rouge pâle d'écrevisse
Teinte le ciel étonnamment ;
Mais la nuit va lever sa cuisse
Brune sur tout le firmament.

Or, Gilda, prends une attitude
De guetteuse, l'oreille au vent :
Un souffle de béatitude
Passe du Couchant au Levant ;

Écoute les bruits qu'il soulève.
De prestigieuses chaleurs
Enivrent, à l'heure du rêve,
Les gens, les bêtes et les fleurs;

Les fleurs qui, pendant le jour, cèlent
Leurs étamines, leurs pistils,
S'entr'ouvrent et se dépucèlent
Dans des embrassements subtils.

Et le phosphorescent insecte,
Le ver luisant, rival du jour,
Pendant que la fleur se délecte,
Sert de bougeoir à son amour.

Ces voleurs de sang, les moustiques,
Là-bas, au Sud, mènent grand bruit
En suçotant les chairs lubriques,
Qu'échauffent les songes de nuit.

Les chats de provinces entières
Hêlent les chattes et leur font
La cour, sur le zinc des gouttières,
Avec un miaulement long.

Les guitares et les gondoles,
Désolantes pour les maris,

Vénitiennes, espagnoles,
Glissent ou chantent, — et Paris,

Paris, Paris, la bête immense,
Sous la bleue électricité,
Sous le gaz jaune, a la démence
D'un animal surexcité.

Les luxurieuses poitrines
Des femmes suivant le trottoir,
Sur la lumière des vitrines,
Brusques, se découpent en noir.

La laronne d'amour vulgaire
Et sale, qui fait souvent four,
Avec des yeux armés en guerre,
Arrête au coin du carrefour,

Tandis que loin de la passante,
Qui s'accouple avec les rôdeurs,
Dans l'atmosphère allanguissante
De boudoirs étouffants d'odeurs,

Les riches, longuement, dégustent
La variété des plaisirs,
Avec des femmes qui s'ajustent
Aux caprices de leurs désirs.

C'est un crime lorsque tout brûle
De laisser un de ces instants
S'évanouir comme une bulle...
Vois! la nuit s'allume — il est temps,

O Gilda, dans la couche chaude,
Que tu livres tes seins pâlis
A la main du plaisir qui rôde
Sous la courte-pointe des lits.

Loin des commères envieuses,
Je veux voir entre tes rideaux
Les belles blancheurs copieuses
De ta poitrine et de ton dos.

Je voudrais fondre ton haleine
Dans l'amour de mon souffle ardent
Et faire saigner ta chair pleine
Sous la morsure de ma dent.

Car depuis les nuits glorieuses
Où j'ai vécu dans les transports
De tes poses capricieuses,
Je suis l'esclave de ton corps.

Tes seins, tes bras, chaînes d'esclaves!
Et plus j'ose, malheureux fou,

Secouer ces fermes entraves,
Plus ton joug pèse sur mon cou.

Douceurs, traîtrises ni colères,
De tes lacs ne me tireront,
Et si je sors de tes galères,
J'aurai ta marque sur le front.

XV

Le Loup.

Je vois s'assoupir l'agent de police
Et la fin du bal arrive — au galop.
Où vas-tu, beau masque, avec ta pelisse?
Te coucher? — Si tard! T'endormir? — Si tôt!

Suis-moi, car ainsi que des castagnettes,
Mon pouls fiévreux bat d'un train endiablé;
Ton corps a de ces lignes mignonnettes!
Là, vrai, tu m'en vois tout affriolé.

J'ignore ton nom. Baste! à l'aventure!
Et j'en crois l'ampleur de ton jupon fin;
Au premier coup d'œil sur ta devanture,
J'ai senti mon cœur se mourir de faim.

J'ai faim, — l'homme est né pour manger; Follette,
Gavons-nous du suc des fruits défendus;

Ta bouche a l'odeur d'une cassolette,
J'ai soif de tes yeux longuement fendus.

Et voilà! Tes yeux, ta bouche, ta pose,
Je n'en veux pas plus pour t'aimer ce soir;
Le reste du corps, je te le suppose
Aussi beau que tout ce que j'ai pu voir.

Ton loup est peut-être un objet utile,
Cachant (je suis fou des nez retroussés)
Un nez long — ou bien une joue hostile
Aux doux claquements que font les baisers.

Mais j'en cours la chance, et la folle enchère,
Et tes pieds menus sont si remarqués,
Tes seins, vrais ou faux, si pimpants, ô chère!
Que, tiens, sans façons, aimons-nous masqués.

Sans m'inquiéter quel rouge te farde,
Quand je te tiendrai dans mes bras ardents,
Je respecterai, comme un chien de garde,
Ton farceur de loup qui montre tes dents.

Toqué seulement de tes élégances,
Je ne lèverai qu'un coin du manteau;
Je ne ferai rien pour casser les gances
Qui tiennent si strict ton incognito.

Mystère pour tous, même pour moi-même !
Ayant bien assez de ce que je voi ;
Tu seras ainsi qu'un vivant problème
Demi-résolu. — Viens, mon loup, suis-moi...

. . . .
. . . .

Le bal finissait ; la grande bourrasque
Du dernier galop, inspiré de Strauss,
S'éteignit ; chacun emmena son masque ;
Je menai le mien aux sentiers d'Éros.

Et dans le repos des câlineries,
Naturel entr'acte aux nerveux excès,
Je lui dis, riant de mes menteries :
— Va, beau masque, va, je te connaissais.

XVI

Deux mois, ma Mie!

Voici bientôt deux mois, ma mie,
Deux grands mois que nous nous aimons,
Malgré tes pleurs et mes sermons,
Notre amour gît dans l'accalmie.

Car aimer deux mois met au rang
Des amants extraordinaires;
L'Hymen prend des pensionnaires,
L'Amour ne tient qu'un restaurant.

J'ai souvenir de la première
Semaine où nous nous écrivions;
Nous étions des dieux, nous vivions
Dans l'extase et dans la lumière.

Maintenant tout s'en va changeant.
Bonsoir les folles énergies !
Ainsi la mèche des bougies
Perd sa lueur en s'allongeant.

Avec une plume d'oiselle,
Nous avions signé le contrat,
Sans notaire ni magistrat.
Je cherche une autre demoiselle ;

Toi, tu prends ma route à rebours,
Cherchant un autre petit homme.
Vivons en philosophes, comme
Les gais moineaux du Luxembourg !

XVII

N'aime pas!

Reste l'orgueil de nos soupers et notre joie,
Et que le ciel toujours te tienne le teint frais.
Mange bien; ris beaucoup; et que ton œil flamboie
Comme un joyau. Vas-y! La table est à nos frais.

Mignonne, ne perds pas tes précieuses veilles
A chercher celui qui doit rendre ton cœur fou.
Tu veux des pleurs? — Voici les larmes des bouteilles,
Et des gémissements? — Écoute leur glou-glou.

Sois légère toujours, ravissante amusette
D'un soir; joli chiffon autour d'un rien moqueur;
Chantonne, si tu veux, le refrain de Musette,
Du bout des lèvres, mais, jamais du fond du cœur.

Oh ! surtout, n'aime pas de cet amour qui pousse
De longs sanglots pendant l'éternité des nuits ;
Songe à ton petit nez coquet qui se retrousse,
Songe à ta lèvre fraîche, ô buveuse de Nuits !

Songe que si tes yeux ont des longueurs d'amandes,
Ils sont ainsi taillés pour le rire ; les pleurs
Ne doivent point rougir leurs paupières gourmandes.
Songe à ton incarnat ; pense à ta joue en fleurs.

Tout cela s'en irait ; la beauté, dejà brève,
S'enfuit plus vite encor quand l'amour pour de bon
Retourne notre cœur sur le gril de son rêve,
Ainsi que saint Laurent couché sur le charbon.

Des poètes ont dit que la pure souffrance
Embellissait les fronts qu'elle faisait pâlir ;
C'est qu'ils avaient sans doute une désespérance
Dont ils s'étaient flattés de pouvoir embellir.

Toi, tu n'es point de ces plantes qui reverdissent,
Tu ne t'y prendras pas à deux fois pour périr ;
Malheur à ceux que leurs souffrances enlaidissent !
N'aime pas ; — tu n'as pas une tête à souffrir.

XVIII

Les Étapes.

Dans la longueur des nuits que l'amour faisait blanches
J'ai souvenir, ô bonne enfant, d'avoir tenu
Et caressé ton corps voluptueux et nu
De la poitrine ferme aux souplesses des hanches.

De baisers j'ai couvert tes radieux tétins,
Blancs et doux comme un clair de lune sur la neige;
Nous avons murmuré cet éternel solfège
Des amants en éveil des soirs jusqu'aux matins.

Ce n'étaient point de ces amours féconds en peines,
Mêlés de chatterie et de brutalité;
Nous... aimions, sans chercher si la sincérité
Vibrait dans les soupirs brusques de nos haleines.

Sincères ! c'eût été de l'idéal. — La main
D'un autre violait tes seins, chère merveille !
Quand j'étais Aujourd'hui, cet autre était la Veille ;
S'il s'appelait Hier, je me nommais Demain.

Je le savais par tes aveux ; mais dans la vie
Que je mène, sans toit familial, errant
Au hasard de l'hôtel vague et du restaurant,
Je trouvais tes baisers bons et je t'ai suivie.

Tu ne me forçais point à faire le béat,
En ouvrant ton corsage ainsi qu'un tabernacle ;
Comme l'ange déchu qui tombe du pinacle,
Je ne maudirai pas l'heure de l'*exeat*.

J'ai pris de toi ce qu'il faut qu'on prenne des choses.
Te souvient-il de nos rendez-vous ? Bah ! les prés,
Ces orgueilleux avec leurs tapis diaprés,
Bah ! les jardins qui font les fiers avec leurs roses,

Que sont-ils à côté des draps de ce garni
Où l'on s'est câliné dans l'ivresse des poses !
Et tous les autres lits me paraissent moroses,
Je m'y couche avec des tristesses de banni.

A qui n'a pour avoir que l'air de la grand'route,
L'étape qu'on regrette équivaut à l'exil.

Voilà pourquoi je vais disant : « T'en souvient-il ? »
Tu t'en souviendrais si j'avais pu t'avoir toute.

Tu pars. C'est bien. Bonsoir ! Nul cœur n'est immortel.
Si j'ai souffert, ce n'est d'aucune menterie ;
Et je vais vers une autre étape — une patrie !
Que je retrouverai peut-être au même hôtel.

XIX

Le Trésor des quarante Voleurs.

Pauvre femme, je te compare
A la roche d'Alibaba,
Quand il dit le Sésame rare
Sous lequel l'obstacle s'abat.

Tes trésors à toi sont tes formes.
Tes contours sont comme sculptés
Pour donner des bonheurs énormes.
Aux jours de tes virginités,
L'épaule que baise ma lèvre
N'était point ainsi faite au tour ;
C'est le plaisir, ce grand orfèvre,
Qui la façonna pour l'amour.

Aux vierges trop froides et gauches,
Les chauds baisers sont fructueux ;
Leur corps, du moule des débauches,
Sort plus souple et voluptueux.

Tu ne sentais rien; mais à force
De feindre des soupirs tremblants,
Tes souffles soulevant l'écorce,
Assouplirent tes rudes flancs;
La pratique de la luxure
Vint ajouter je ne sais quoi
A ta chaste et frêle structure;
Et chaque homme qui vint chez toi
Et tous les visiteurs nocturnes,
En se pâmant sur ton chevet,
Comme les potiers font des urnes,
Moulèrent ton corps achevé.

Suivant son idéal infâme,
Chacun des sculpteurs opéra;
Plus ils enlaidissaient ton âme,
Plus la matière prospéra.

C'est à leurs baisers que ta gorge
Doit ses savoureuses ampleurs :
Anhélant comme un feu de forge,
Grisé par de brusques chaleurs,
Celui-ci, des lèvres aux cuisses,
Fit s'épanouir tout ton corps.
Cet autre, beau maître ès-délices,
Dans la gamme de tes transports
Choisit la note, la caresse
Qui produit l'éblouissement,

Et des plus fameuses de Grèce
Tu connus l'allanguissement.

Or ce qu'ils t'apprenaient, ces hommes,
Ces impures habiletés,
Or ce qu'ils t'apportaient, ces sommes
Effrayantes de voluptés,
Pour t'ériger en artisane
Des nerveux bonheurs qu'ils voulaient,
Entends-le bien, la courtisane,
Entends-le bien, ils le volaient.

Ces rages de corps insensées
Qu'ils dépensaient ainsi chez toi,
Ils en privaient leurs fiancées.
Souvent, les femmes, sous le toit
Conjugal, languissaient jalouses,
Pendant qu'eux, ils venaient, de nuit,
Enfouir le dû des épouses
Sous les courtines de ton lit.

Et voici que m'ouvrant tes coffres,
Si pleins d'impudiques valeurs,
Fille généreuse, tu m'offres
Ce que t'ont laissé les voleurs.

XX

(Fragments.)

Ces femmes, au milieu de leurs travaux obscurs,
Veulent toujours passer pour d'anciens anges purs
Et, devant vous, blanchir leur âme, qu'on diffame
Comme si vous veniez coucher avec leur âme.
Toutes elles vous font des récits. . . . . .
. . . .

ÉPISODE D'UN RÉCIT

Vendeuse d'amour! — Non, mon chéri; — dans les draps
Jusqu'au jour, fais de moi tout ce que tu voudras,
Pâme-toi dans le spasme énervant, ou déguste
Longuement le frisson de mon corps, mais sois juste;
Voici toute ma chair : ne dis rien d'outrageant
Pour moi, n'insulte point. Prends-en pour ton argent.
. . . .

Tiens! — Tant que je vivrai ma vie expiatoire,
J'aurai le souvenir de la navrante histoire
D'Anna, ma triste sœur, ma sœur en pauvreté.
La minable portait de l'alpaga, l'été,
Et grelottait, l'hiver venu, sous l'indienne.
Nous avions fait nos deux misères mienne et tienne;
Sache que nous n'avions qu'une robe pour deux!

Je me souviens de mes premiers débuts honteux
Comme d'hier; je vois encore la mansarde
Noire où nous descendions sous le froid qui poignarde,
De haillons en haillons jusqu'à la nudité...
On a dû par pudeur vendre sa pureté.

Quand on se fut nippé chaudement, nous laissâmes
Aux fanges du trottoir s'engourdir nos deux âmes,
Et ce fut bientôt fait, après quelques remords.

Rien ne nous gênait plus; nous vivions de nos corps.
Notre maison était commode pour le vice,
Le seuil un peu masqué, parfait pour le novice;
Or nous nous attaquions surtout à l'écolier;
Debout, sur le dernier degré de l'escalier,
Les soirs, en échangeant des mots de langue verte,
Souvent on attirait, par la porte entr'ouverte,
Des petits blonds lascifs comme des moineaux francs,
Et qui nous amusaient beaucoup pour leurs trois francs,

C'était trop beau! — ma sœur devint blême, morose,
Languit bientôt, et la fatale couperose
Cingla sa peau de traits sanguinolents; voilà
Qu'au courant de janvier son regard se voila;
Rien ne restaurait sa vigueur diminuée,
De jour en jour. On n'y pouvait rien. Mi-tuée,
A la fois alourdie et maigrie, on la vit
Se traîner comme une ombre pâle qui survit.
Plus de seins. La pthisie avait rongé les pommes
D'amour. Elle devint la même pour les hommes
Jeunes et pour les vieux, et ne fit plus crédit
A personne. Parfois, lasses d'un troc maudit,
Jadis on se donnait, avec de beaux infâmes,
Des passe-temps à la façon des grandes dames!
Elle ne pensait plus aujourd'hui qu'au paiement;
Elle se prodiguait très équitablement;
Plus rien ne vivait donc; vois-tu, mort le caprice,
Morte la femme! Et sous son fard de vieille actrice,
La maigreur fit saillir sa joue, et le baiser
Des gens se faisait mal à s'y vouloir poser.
Elle jeûna; le tour des yeux s'emplit de bistre.

Abrégeons. Elle expire en une nuit sinistre.

« Ma pauvre sœur, dit-elle en trépassant, combien
Te reste-t-il encor de francs?
— Je n'ai plus rien,

Ma sœur.
— Plus rien, dit-elle, est-ce possible!
Plus rien! c'est ce qui reste?... une vie indicible,
Tant de douleurs, tant de rebuts soufferts, la mort,
J'ai tout subi; je n'ai pas pu te faire un sort.
Plus rien! Plus rien! Mais quoi! tant de choses vendues
Et le jeu fatiguant des femmes éperdues,
Et mon pauvre corset si souvent détaché,
Et...; nous donnions, ma sœur, l'amour trop bon marché;
Entre nous, les bouchers font bien mieux leur affaire;
Je crois que nous avons manqué de savoir-faire :
Toi, tu n'as jamais su le commerce en détail. »
Et puis, riant : — « Il vaut mieux vendre du bétail! »
Son rire était navrant : — « Tu faisais la maîtresse,
Toi! Quelqu'un te disait, en caressant ta tresse :
— Beaux cheveux! — Tu comblais sans compter son désir...
Dire que nous étions marchandes de plaisir! »
Elle cracha du sang, puis dit : « Demain peut-être
Tu mourras de mon mal... tout comme moi.» Le prêtre
Entra. « Monsieur, reprit ma sœur, retirez-vous.
Au pied de mon grabat, n'usez pas vos genoux;
Allez-vous en : je veux mourir comme une chienne.
Je ne suis pas un corps à qui l'Eglise tienne,
Et puis que me ferait-on faire en Paradis?
Je ne sais rien que mes exercices maudits.
Ai-je tapé dans l'œil des anges? D'aventure
Voudraient-ils se souiller au contact d'une impure?
Vous parlez de pardon et vous dites que Dieu

Tient fort à moi, tant pis pour lui, moi, j'y tiens peu;
Je l'ai toujours trouvé si mauvais sur la terre!
Partez ou faites-moi l'aumône de vous taire :
Je n'ai plus rien à vivre et veux mourir en paix. »
Dans sa gorge roulaient des râles très épais.
« Adieu, sœur... »
Et plus rien. Elle cessa de vivre.

Le prêtre, interloqué, confus, ferma son livre.

J'étais seule, en province et méprisée; alors,
J'avais en tout... trois francs pour enterrer le corps,
Et comme elle avait dit des sottises au prêtre
Dans sa rage, la pauvre Anna ne put pas être
Conduite, comme tout le monde, avec la croix.
Oh! j'aurais souffleté l'archevêque, je crois.
Il fallut l'enterrer sans pompe et sans parure;
On glissa le cercueil tout nu dans la voiture.
Le cocher portait un chapeau de paille noir
Tout décousu; c'était épouvantable à voir.

Mon doigt crispé chercha ce cordon qu'on dénoue
Sur les côtés du poêle, à hauteur de la roue;
Mais je n'en trouvai pas. On fouette et l'on part.
Personne de ce deuil ne prenait une part,
Et, pieds croisés, debout, sur le seuil de leur porte,
Tous regardaient ce corps de femme qu'on emporte.
Les commères disaient : « C'est un enterrement
Civil; la malheureuse est morte en blasphémant.

— Pour sûr le diable va lui faire son affaire;
— Elle a cassé le Christ sur le dos du vicaire :
— Le diable avant sa mort la tourmentait déjà! »

Et la voiture allait lentement. On longea
Bientôt, dans le faubourg, un chantier : c'était une
Cour pleine d'ombre, avec sa haute forge brune
Au fond; puis, au milieu des grilles qu'on rangeait :
« Tiens, dit l'un des plus vieux ouvriers qui forgeait,
Pas de curé! — Ce n'est point un Rothschild, sans doute!
Va-t-on nous enterrer maintenant sur la route
Comme des chiens. — Enfants, suivons-nous le convoi?
— Moi, je suis. — Et le singe? — Est-on pas libre? moi
J'y vais, je passe au bleu cette demi-journée;
Le jour que ce sera le tour de ma fournée,
On me le revaudra. — Sacré mille mâtins!
Plus on est, plus ça fait rager les sacristains. »
Ils suivirent.

Plus loin était une guinguette,
Avec son houx séché, branlant sur sa baguette :
Au casque d'or! Ici, que de jolis noceurs,
Quand on nous surnommait *les deux petites sœurs,*
N'avions-nous pas livrés aux hôteliers infâmes.
Aujourd'hui, nous passions devant...

Quand nous passâmes
Au grincement funèbre et âpre des moyeux
Du char, s'entremêla le brouhaha joyeux

Des buveurs et les bruits de mangeurs en délire,
La vaisselle cassée et les éclats de rire.

Un ouvrier entra, puis du seuil :
« Eh! dit-il,
Messieurs, avez-vous vu l'enterrement civil?
Pas un malheureux Christ en bois et pas de prêtre;
C'est rare en ce pays de chouan. Ce pauvre être
S'en ira-t-il tout seul? il faut manifester. »

Ce discours souleva des tempêtes. Rester?
Se joindre à nous? On crie, on se lève; le branle-
Bas s'accroît. Deux ou trois appuyés au chambranle
De la porte, indécis, regardent; quelques-uns,
Par principes ou par respect pour les défunts,
Suivent. D'autres, assis, cultivent les bouffées
Des pipes. Cependant, des femmes dégraffées,
Chantant *De profundis* sur l'air des Lampions,
A la fenêtre font des propositions
Obscènes au cocher noir qui conduit le poêle.

Je me sentais frémir d'effroi jusqu'à la moelle;
Mais je ne pouvais point maudire : vaguement,
Je me ressouvenais d'un autre enterrement,
Défilant dans la même horreur d'une bagarre,
Anna sur le clergé secouant son cigare
Et criant : « Tout est cendre et fumée! » Aujourd'hui,
J'acceptais ce que son outrage avait produit,

Muette, mon mouchoir aux dents, les tempes blêmes,
Frémissante sous la revanche des blasphèmes.

Et nous marchions toujours; les ouvriers allaient
Par petits groupes, très sérieux, ils parlaient
Politique, à propos de la morte; j'ignore
Quel bruit se répandit entre eux : « On déshonore
Sa journée à former cortège à ce cercueil,
Dit le vieux; je croyais accompagner un deuil
De pauvre sans un sou pour solder la prière;
Il paraît, mes amis, que nous marchons derrière
Une fille qui vient de mourir au plaisir. »

A ces mots, un mortel frisson vint me saisir
Et me glaça; ceux qui nous suivaient nous tournèrent
Le dos, et peu à peu, bientôt, abandonnèrent
Ce corps, par un mauvais chariot cahoté,
Comme en une sinistre et morne ébriété.
A tous les cabarets du faubourg le cortège
S'amoindrissait; cela fondait comme la neige.
Nous n'arrivâmes pas au cimetière deux.
O jour cruel! O jour satanique et hideux!
Monde lâche, où l'on voit les plus vieilles traînées
Lever, sur les trottoirs, en leurs vagues tournées,
Des jeunes sans argent et des vieux sans fierté,
Avides de restants infects de voluptés;
Puis, où l'on voit passer sous le regard oblique
De tous, seul, le cercueil de la fille publique!

Non, je ne pouvais point croire que le dernier
Malheureux que ma sœur reçut dans son grenier,
Et qui put recueillir sur ses lèvres très pâles
Ses suprêmes hoquets d'amour joints à ses râles,
Non, non! je ne pouvais croire qu'il ne fût pas
Là, le front découvert, la suivant pas à pas.
Ah! tiens, je sais qu'aux yeux des foules hypocrites,
Des bourgeois effarés, nous sommes des maudites;
J'accepte tout : mépris et propos outrageants,
Mais du moins j'ai le droit d'estimer que ces gens
Qui viennent se pâmer aux lits de toutes sortes,
Sur des corps déjà froids et sur des demi-mortes,
Devraient sur cette route où meurent leurs orgueils
Marcher un pas de plus et suivre nos cercueils.

Je n'irai pas plus loin. Mon histoire est finie.
Mais ce qui dure encor, c'est ma longue agonie.
Le tourment de ce jour, pesant comme un pavé,
S'est très profondément, dans ma tête, gravé;
Il m'obsède; il me boit ma vie, il me relance
Jusqu'au milieu du vin, des soupers, dans l'outrance
Du plaisir. Rencontrai-je un amant de hasard?
Il me semble que j'ai heurté le corbillard.
Si ce passant m'adresse une phrase lubrique,
Ce sont ces ouvriers qui causent politique.
Tout à l'heure j'avais la bière devant moi;
Quand j'ai frissonné dans tes bras, c'était d'effroi.
Je vois confusément des ouvriers qui sortent

Du cabaret. Tu crois que tes rages m'emportent
Avec toi dans le ciel des bonheurs? — Non, je suis
Sur la route avec la voiture, et je la suis.
Tu mords mes seins? — ce sont ces hommes qui me blessent.
Tu m'étreins à mourir? — leurs outrages m'oppressent.
Et quand, ne pouvant plus rien pour ta volupté,
Tu t'arraches de moi — le dernier m'a quitté.

Puis alors, si, tournant ton corps sur ma litière,
Tu veux bien t'endormir, je sors du cimetière.

III

LA LOI DES CHOSES

XXI

Les Larmes.

Vauquelin et Fourcroy ont analysé les larmes, ils les ont trouvées composées de mucus, de bismuth, de soude et de sel.

(Journal scientifique.)

VAUQUELIN et Fourcroy les ont analysées,
Ils ont trouvé dedans du sel et du mucus.
Mes amis, qu'en eût dit Horatius Flaccus!
Le mucus florissant dans les âmes brisées!
Combien Horatius en eût fait de risées,
Ils ont trouvé dedans du sel et du mucus.

Quand les anciens pleuraient sur l'amour de leurs mies,
Les pauvres vieux versaient ils ne savaient pas quoi.

Grâces à Vauquelin, et grâces à Fourcroy,
Nous connaissons à fond nos paupières blémies;
Mais les pauvres anciens n'avaient point nos chimies,
Ils ont toujours pleuré sans jamais savoir quoi.

Quand on souffre ou qu'on est ému, lorsque l'on boude,
Une chose pour nous affaiblit le souci,
Et c'est évidemment de se dire ceci :
Pour que mon cœur brisé se referme et se soude,
Combien vais-je verser de bismuth et de soude?
Cette réflexion égaye le souci.

Les anciens poursuivaient de bien maigres chimères,
Ils étaient ignorants, et nous sommes complets;
Ils savaient de combien d'affronts et de soufflets,
D'espoirs guerriers déçus et de hontes amères
Se composent des pleurs d'homme... Belles misères!
Ils étaient ignorants, et nous sommes complets.

Nous connaissons le fort et le faible des larmes,
Nous connaissons le sel, le mucus, le bismuth;
Et nous avons appris que menteur est le luth
Quand il vient nous chanter que les pleurs ont des charmes.
Scientifiquement nous ne rendons les armes
Qu'au mucus, à la soude, au sel et au bismuth.

XXII

La Chanson du Coiffeur.

L'amour a ses lois. La fleuriste
Méprise parfois les grandeurs ;
Aspirant aux bonnes odeurs,
Elle aime un coiffeur — un artiste !
A lui les serments, les aveux
Et les chers baisers qu'on déguste.
Henriette idolâtre Auguste :
Les fleurs se mêlent aux cheveux.

Ah ! monsieur, vous êtes coiffeur !
Vous avez beaucoup de bonheur.

Ça sent bon, les coiffeurs! Les roses
Et leurs aromes langoureux
Sont de la Saint-Jean : auprès d'eux,
Les plus doux parfums sont moroses.
Ils n'aiment pas avec des cris
Fiévreux et d'étranges paroles;
Mais, riants, dans des auréoles
De zinc et de poudre de riz.

Ah! monsieur, vous êtes coiffeur!
Vous avez beaucoup de bonheur.

Il est très bien pour les manières
Le coiffeur! Sur les fronts mignons
Il fait ruisseler les chignons
D'ébène ou les blondes crinières :
C'est sa partie; il s'y connaît.
S'il dit : « La belle tresse noire! »
C'est un compliment qu'on peut croire;
Et ça sonne mieux qu'un sonnet.

Ah! monsieur, vous êtes coiffeur!
Vous avez beaucoup de bonheur.

Et très souvent le journaliste
Raconte dans ses *Faits divers*,
Qui vous mettent l'âme à l'envers,
Un suicide de fleuriste,

Qui, réchaud allumé, s'endort
Dans le trépas inexorable,
Pour le parfumeur ineffable
Dont la trahison fait sa mort.

Ah! monsieur, vous êtes coiffeur!
Vous avez beaucoup de bonheur.

XXIII

Tableau de Rue.

Je vis, traînant sur le pavé,
Un cul-de-jatte lamentable;
Il était haut comme une table,
Triste comme un tambour crevé.

A ses côtés, sa femme maigre
Demandait des sous aux passants,
En tirant des bruits languissants
Des boyaux d'un violon aigre.

L'estropié faisait pitié ;
Son état, qui portait aux larmes,
Ajoutait je ne sais quels charmes
Au violon de sa moitié.

Race humaine, race ironique,
Pour secouer ton embonpoint,
La misère ne suffit point
Il y faut un peu de musique !

XXIV

Les Tambours.

1878

C'est l'heure où les tambours arrivent sur la place;
Dans le rouge, au couchant, le soleil fond de l'or;
Le bourdon va sonner pour la retraite : Place,
Place! Voici venir le beau tambour-major.

Il est immensément glorieux; son œil plane
Sur les menus tambours; majestueux et lent,
Il se campe; il est bien campé : sa longue canne,
D'un geste, a réveillé le tonnerre roulant.

C'est par les soirs d'été que j'estime les villes
De garnisons, avec leurs tapins curieux,
Pour qui les bonnes ont mille façons civiles
Et qui s'en vont, frappant leur caisse, à qui mieux mieux.

Pendant l'hiver bourru, lorsque la brume pleure,
Les bons petits tambours, ils ne sont point très gais!
Près de l'Hôtel-de-Ville, ils viennent, juste à l'heure;
Et la peau d'âne est molle; ils semblent fatigués.

Le roulement est bref sous leur main qui frissonne,
Puis ils filent, battant vite, sous le brouillard;
Leur caisse est assourdie; on dirait qu'elle sonne
Pour un enterrement de quelque grand vieillard.

Oh! les tambours mouillés, quelle flasque harmonie!
Et quels mornes sanglots ils roulent! Comme avec
Peine on les sent lutter contre leur aphonie!
C'est un râle! Mais les tambours par un temps sec!...

Mais les tambours l'été, dans un grondement large,
Scandant leur bruit sauvage en de très nets accents,
Ils pousseraient la ville entière au pas de charge,
Les femmes, les vieillards et les convalescents!

C'est que le rythme est fort : ou poème ou fanfare,
Ou rythme pur, il est le rythme triomphant,
Et le monde, depuis son aurore barbare,
Par le rythme est mené comme un petit enfant.

Car le tambour vous prend aux nerfs et vous travaille;
Il bat! le long des reins s'éveillent des frissons;
Il bat! répercutant des échos de bataille,
Chants de triomphe ou cris de rage, dans ses sons.

Quand ils ont déchaîné leur grande batterie,
Les tambours! on sent vivre, en ce rythme emporté,
Le cœur du régiment, l'âme de la Patrie,
Et ton puissant soupir, ô mâle Liberté!

. . . .

C'est fini — les tambours ont franchi la caserne;
Leur hymne s'est éteint avec un roulement
Bref. Puis tout s'est fondu dans un silence terne,
Et l'ivresse est passée, ô désenchantement!

Humanité, Pitié, Fraternité, rêveuses
Candides, fuyez-nous! pliez vos ailes d'or,
Évanouissez-vous, dans des crises nerveuses,
Devant cette peau d'âne et ce tambour-major.

XXV

Le Café.

Vénérons le café comme un agent du sort.
Il sait galvaniser jusqu'aux plus vieux prétoires;
Mes amis, nous aurons de beaux réquisitoires,
Le substitut a bu sa tasse jusqu'au bord.

Amis, amis, à pleine tasse,
Du café, buvons du café!

Il a bu, — c'est pourquoi sa verve est imagée, —
Il triomphe; il déploie un talent inouï;

6

Il a bu, — c'est pourquoi la morale est vengée, —
Les bons jurés dans l'urne ont mis leurs douze « oui ».

Amis, amis, à pleine tasse,
Du café, buvons du café !

Or, voici qu'un matin sur la place se dresse
Un échafaud. Auprès, rouge, s'ouvre un panier ;
Et, pour mieux voir, la plèbe écœurante se presse...
La voiture ! Un bourreau descend, puis l'aumônier.

Amis, amis, à pleine tasse,
Du café, buvons du café !

Puis l'assassin ; il va vers la fauve machine.
Solidement, le pas très ferme, le front haut,
Comme un gaillard à poil et sans plier l'échine
Sous un dernier *Pater*, aux pieds de l'échafaud.

Amis, amis, à pleine tasse,
Du café, buvons du café !

Rran ! le lourd couperet a tranché ses vertèbres.
Certes, cet homme est mort crânement ! C'est qu'il eut

Le soin, comme il marchait aux dernières ténèbres,
De prendre un bon café — comme le substitut.

Amis, amis, à pleine tasse,
Du café, buvons du café !

ENVOI

A une Amie.

A toi qui n'as point vu le criminel sans trouble,
A toi qui n'as point vu le substitut très fort,
Ces vers sur : *le Café.* Tu sais tout ce qu'il double.
C'est à la bête humaine un cheval de renfort.
Vénérons le café comme un agent du sort.

XXVI

La Bourse.

La lune s'élançait vers le plein firmament,
Où flottaient les flocons d'ouate des nuées,
Et ses blanches lueurs, parfois diminuées,
Baignaient le temple grec, mystérieusement.

Le monument, gardé par ses lourdes statues,
Digne et calme sous son bandeau corinthien,
Dormait, semblant songer comme un prêtre ancien
Aux mystères sacrés des voix qui se sont tues.

Quel est ton nom? quel est, Temple silencieux,
Les pompes de tes jours de fête et de ton rite?
Vénères-tu le blond Hélios, Aphrodite?
...Un large coup de vent balaya tous les cieux.

Alors, les sept flambeaux lointains de la Grande-Ourse,
Des constellations splendides, émergeant
Du fond du ciel, et la douce lune d'argent
Eclairèrent le Temple entier : — c'était la Bourse.

Dans la vie, avez-vous rencontré loin du bruit
De ces femmes, aux yeux pleins de candeurs exquises,
Qui font rêver d'azur et d'âmes incomprises?
On s'approche : la Bourse! — et l'illusion fuit.

Or demain vous verrez, le long des colonnades,
Des courtiers; — sur les murs qu'ils tachent, voyez-les
Aiguiser leurs crayons ainsi que des stylets.
Cependant les flâneurs s'en vont aux promenades,

Vers le Bois; un parfum flotte en l'air attiédi;
Ils vont loin des tramways, des journaux et des rues,
Saluer la fraîcheur des feuilles reparues
Au baiser du soleil; — mais ici, c'est midi,

C'est l'heure. On ouvre. O ciel! la cohue! on se marche
Sur les pieds entre gens riches. Fi du décor
Menteur! la bête rue. Aux cornes du veau d'or,
Le juif met en lambeaux tous les voiles de l'Arche.

La porte est trop étroite; on pousse. Cent bœufs qui
Beugleraient, produiraient des clameurs moins énormes

Que tous ces gens en noir, en chapeaux haut de formes,
Que semble torturer la danse de Saint-Guy.

Hurlant, gesticulant, piétinant, la joue
Blême, le front mouillé, le palais sec, haussiers,
Baissiers vont se ruant, comme des chiffonniers
Qui se disputeraient l'aubaine de la boue.

Du moins, les chiffonniers, piquant leur butin noir,
Portent bien les haillons qui pendent sur leurs hanches.
Mais tous ces beaux messieurs ont des cravates blanches,
Et leur épilepsie en est plus morne à voir.

Le brouhaha redouble; une main qui s'affaisse
En battant l'air annonce un haussier démâté,
Eperdu sous le choc d'un titre mal coté,
Et des flots de baissiers bouillonnent, — c'est la baisse.

La baisse! d'où vient-elle? Elle vient de là-bas,
Où quelque peuple fort, se fiant à sa taille,
Vient de tomber, les reins brisés par la mitraille,
Dans les éventrements monstrueux des combats.

Peuple lointain, pourquoi creuser ainsi ta fosse?
Soldats qui marchez fiers, sous le soleil levant,
Et qui, ce soir, gisez, les entrailles au vent,
Vous avez dérangé ces messieurs de la hausse!

Vous avez pour linceul vos drapeaux déployés ;
C'est grand ! mais vous nuisez à nos belles petites ;
Votre dernier soupir souffle un vent de faillites,
Emportant leurs banquiers chéris, et les loyers.

Les baissiers, il est vrai, gagnent ; votre Patrie
Croule en comblant de biens un impudent joueur,
Qui triomphe sur les débris de ton honneur
Et se gave du sang de ta veine meurtrie !

Oh ! ne pourrais-tu point changer sa joie en pleurs ?
Debout ! relève-toi ! mets sa chance en déroute,
Pour qu'il prenne à son tour l'air de la banqueroute,
Cet enfer tout pavé de têtes de voleurs.

...Mais la Bourse est fermée — et tout bruit dans la salle
S'éteint, comme aux enclos où les morts sont rangés ;
Et le *De profundis* des peuples égorgés
Se tait autour de la corbeille sépulcrale.

Puis la lune, le soir, vers le plein firmament,
Monte dans les flocons d'ouate des nuées,
Et ses blanches lueurs, parfois diminuées,
Baignent le temple grec, mystérieusement.

XXVII

Postérité.

Un épileptique et sa dame
Sont au lit, mais ne dorment point;
Des frissons courent sur la trame
Qui dessine leur embonpoint.
« Non, mon ami, tu t'assassines;
Tu sais... le docteur le défend... »

Vive l'amour sous les courtines.
Un enfant!

L'usurier a dit à l'aïeule :
« Je suis le dieu des indigents,
Amenez la petite, seule. »
L'homme débourse ses argents.
Et la petite se renverse
Dans ses bras, en se dégraffant...

Vivent l'amour et le commerce.
Un enfant!

La femme n'a rien dans le ventre,
Le mari se saoûle; voici
Une heure du matin, il rentre;
Il dit à sa femelle : « Ici. »
Elle fuit; il la prend, la presse
Et sa maigre robe se fend...

Vive l'amour pendant l'ivresse.
Un enfant!

Et de la chambre froide et nue
Aux boudoirs, dans l'obscurité
Immense, Paris continue
Ce travail de postérité.
Ah! germez, naissez, pauvre graine,
Ame de fille ou de gamin...

Et voilà la cohue humaine
De demain!

XXVIII

A La Pièce d'Or

Ton disque, un peu blafard vers la prime jeunesse,
Prend un éclat plus net à mesure qu'on vit.
Chaque plaisir, qui tour à tour nous asservit,
Fuit et s'efface, il n'en est pas un qui renaisse;

Seule, parmi tous les désirs morts ou lassés,
Fière de tes cent noms, dollar, sterling, piastre,
Dans l'ombre des débris, tu flambes comme une astre
Vive, tu resplendis quand tous feux sont baissés.

Et le vieux, de ses doigts tordus par la souffrance,
Au fond du coffre-fort où tu vins t'enfouir,
Le vieux qui ne peut plus désirer ni jouir
T'étreint encor comme un total de jouissance.

Quand morne, au lit, il souffle à peine, sur le dos,
Le vieux te voit toujours; obole par obole,
Essaimant ton or pur tu fais une auréole...
Il ne voit plus la mort qui tire ses rideaux.

Que ton métal chantant sonne un air de victoire,
Maîtresse! ton éclair a rajeuni les fronts,
Et, dans l'obscurité du siècle où nous souffrons,
Luit comme un œil de chat dans une chambre noire.

Quels yeux fascinateurs! quels fluides puissants
Tombent de ce regard fixe qui nous inonde!
Certe, la Nature a, pour décorer le monde,
Des trésors de lueurs; elle a les vers luisants,

Et, dans l'ampleur du ciel, la flamme des étoiles:
« Les étoiles là-haut, les vers luisants là-bas »
Ces romances te font sourire, n'est-ce pas?
Quand le monde vers Toi, le monde, à pleines voiles,

Vogue en l'immensité des profonds océans,
L'âme à Toi, tout à Toi, vogue, se rit du gouffre
Et des cieux, et, pour Toi, pille, assassine et souffre,
Et brasse les égoûts et sonde les néants.

Les égoûts ! Tu peux bien te baigner dans leur fange ;
Tu resteras toujours belle à nous parjurer ;
Voici les cœurs mourir et les pudeurs sombrer,
Et les lèvres sécher sous ton baiser étrange.

C'est que tu fais un poids très lourd sur le plateau
De la bascule ! On voit de vieilles consciences
Sauter, comme en suivant le fléau des balances ;
Et sur le tapis vert que râcle le râteau,

Sous la main du croupier banal, tu te révèles
Tel qu'un farouche dieu drapé dans sa hauteur ;
Le Suicide noir, ton sacrificateur,
Sur tes autels publics, fait fumer les cervelles.

Les rois en s'asseyant sur leurs trônes sapés,
Pour frapper le trafic, en forçat, de leur marque,
Gravent sur ton métal leur tête de monarque,
Ceinte de lauriers verts ; — les lauriers sont coupés ;

Les sceptres ont changé de mains ; vivats, huées,
Meurtriers ou tyrans, passant du père aux fils,
Tu tends sans fin ta joue aux baisers des profils,
Comme les courtisans et les prostituées.

Et quand un peuple fier, tombant sous quelque faix
Énorme, ne sent plus rien battre dans ses veines;
Courtisane, c'est Toi qui viens briser ses chaînes :
Muet sous ta faveur, on accepte ta paix.

Ah! si nous n'étions pas rongés d'hypocrisies,
O Pièce! agrandissant ton diamètre d'or,
Dans les saints Sacrements que l'on expose encor,
Que tu remplacerais bien vite les Hosties!

IV

LES PARADIS IRONIQUES

XXIX

Les Ames du Purgatoire.

Les âmes des aïeux, par les trous de la tombe,
En fantômes subtils, s'évadent du cercueil,
Et quand la lune aux cieux monte comme une bombe,
Le vent, aux carrefours, leur fait un bon accueil.

Chaque nuit, par-dessus les sinistres murailles
De l'enclos cinéraire elles sautent et vont,
Comme les chiens errants qui vivent de trouvailles
Parmi les vieux quartiers déserts, de large en long.

Elles songent, durant leur morne promenade,
Combien pendant la vie elles ont dû souffrir,

Depuis l'âge où l'Amour rose donna l'aubade,
Jusqu'à l'heure où le noir corbillard vint s'offrir;

Elles ont égrené leur vie expiatoire,
Jour par jour, pleur par pleur, douloureux chapelet;
C'est en vain : les voilà quand même en Purgatoire,
Dans la flamme qu'attise un mystique soufflet.

Elles furent parfois humaines, mais impies,
Jamais, — elles n'ont pas eu de contrition,
Et Dieu, dans ses fureurs toujours inassoupies,
A versé sur du feu l'huile de l'Onction.

Or leur tourment les suit dans la fraîcheur des rues,
Comme ces criminels que fouettent leurs remords.
Où courir? où calmer leurs souffrances accrues?
Toute église est fermée et les vitraux sont morts.

Les pauvres! elles sont sans gestes et sans langues,
Dans l'ombre, loin du gaz (elles craignent le feu),
Elles vaguent, quêtant de pieuses harangues,
Cherchant qui pourrait bien porter leur plainte à Dieu.

Car il leur faut des mots comme ceux des saints Livres,
Car tous les autres mots, là-haut, sont impuissants;
Des gardiens de la paix passent; des hommes ivres...;
Allez donc demander la messe à ces passants!

Ou c'est un ouvrier, revenant d'un théâtre
Lointain, le cœur gonflé de tirades d'auteur;
Sous la sérénité de la lune d'albâtre,
Pas de vieux moine blanc, pas de prédicateur,

Pas même un sacristain sachant des pâtenôtres,
Courtier en oraisons et marchand de latin,
Traducteur en plain-chant des proses des apôtres,
Pas un prédicateur, pas même un sacristain !

Les bons dévôts, sous les douillettes courte-pointes,
A ces heures, hélas! dorment, les saintes gens!
Mollement, dans la paix du Seigneur, les mains jointes,
Ils sommeillent et font des rêves indulgents.

C'est alors qu'on entend les âmes, dans la bise,
Gémir confusément, sans pouvoir supplier
Ce Dieu qui ne comprend que le latin d'église,
Et pour lequel souffrir muet, n'est pas prier.

XXX

Ciel catholique.

Je n'ai jamais compris le bonheur de ce ciel,
Subtil comme un fluide et doux comme le miel,
Promis dans les sermons du prêtre catholique,
Qu'à l'heure où j'ai senti mon cœur mélancolique
Saisi par ce confus et splendide idéal :
L'Amour! source de tant de douceur et de mal.
O ma chère lointaine, attachée à ta lèvre,
Ma lèvre, en nos baisers pleins d'un charme mièvre,
A dû te murmurer le mot du Paradis...
Mais, j'ai perdu la clef des mots que je t'ai dits.
Dans un transport grisant, j'ai compris le mystère;
Aujourd'hui, lourdement, me voilà sur la terre :
Je ne me souviens plus de ce que j'ai compris.

Les païens, effeuillant les roses de Cypris,
Dans des banquets, chantant des soirs jusqu'aux aurores,
Maculaient leurs baisers dans le sang des amphores,

Et le spasme d'Eros fut tout matériel;
Nous, notre amour suivit l'école d'Ariël;
Ta bouche, mille fois et mille fois baisée,
Laissait toujours ma bouche, ardente, inapaisée.
J'avais d'étranges soifs; allangui, je vaguais
Dans des jours vivement heureux, mais jamais gais.

Or, j'ai guéri cela comme une maladie;
J'ai raffermi mes nerfs; ma vigueur engourdie
Ressuscita dans des travaux et des plaisirs.
Ma volonté ferma la porte à ces désirs
Pleins de mortels bonheurs et d'exquises angoisses;
Et je n'entends plus rien aux prônes des paroisses
Qui me peignent le ciel avec de l'outremer
Et des félicités vagues, sans rien d'amer.

Pour croire à l'éternelle expansion de l'âme,
Il faut être énervé par un désir de femme;
Un seul instant je me suis dit, extasié :
« Qu'est-ce que le ciel ? — C'est l'amour rassasié. »

XXXI

A Mahomet.

Les braves, dans la mort, sont étendus par mille,
L'antique yatagan à côté d'eux; leur sang
Coule; mais pas un pli, sur leur front blémissant,
Ne marque le regret du courage inutile.
Les braves, dans la mort, sont étendus par mille.

Ton ciel, ô Mahomet, va-t-il être assez grand?
Où pourras-tu loger toute la caravane?
Vois les épis nombreux que la bataille vanne,
Vois tous tes fils tombés stoïques à leur rang :
Ton ciel, ô Mahomet, va-t-il être assez grand?

Tous, ils sont morts croyant en ton brillant mensonge;
Vois l'amoncellement énorme des débris!
Il te faut engager de nouvelles houris,
Pour que chacun en ait une en son divin songe;
Car tous sont morts croyant en ton brillant mensonge.

Ils ont été de vrais héros sous le boulet,
Un mur vivant où la mêlée ouvrait des brèches;
Tous ces fiers ignorants des lâchetés revêches,
Sans broncher, ont péri comme ta loi voulait :
Ils ont été de vrais héros sous le boulet.

Penserait-on qu'ils ont souffert de leurs blessures?
Ont-ils senti leur sang jaillir? — Non, mais le miel,
Non, mais le lait promis aux ruisseaux de ton ciel
S'échappaient de leur chair par de rouges fissures;
Penserait-on qu'ils ont souffert de leurs blessures?

Ils sont morts en tournant, vers ta face, les yeux;
C'est l'instant de payer tes dettes ottomanes.
Prophète! donne-leur, sous l'ombre des platanes
Sacrés, les paradis promis à leurs aïeux,
Qui sont morts en tournant, vers ta face, les yeux.

Certe, ils suivaient tes lois douces et solennelles;
A coups d'yatagan sur le dos des chrétiens,
Ils frappaient, sur ces Grecs, ces Slaves et ces chiens,
Gens loyaux qui font fi des voluptés charnelles;
Certe, ils suivaient tes lois douces et solennelles.

Ils fumaient, ils jeûnaient, rêvaient et se baignaient,
Ils vénéraient l'iman, ils méprisaient le pope;
Dédaigneux de la vie, et le dos à l'Europe,
Entendaient-ils forger les canons qui geignaient?
Ils fumaient, ils jeûnaient, aimaient et se baignaient.

Maintenant, c'est fini, — ton ciel est un mirage;
On peut les enterrer, maintenant, c'est fini!
Les corbeaux fossoyeurs ont, sur leur front jauni,
Tourné leur vol criard, affamés de carnage.
Maintenant, c'est fini, — ton ciel est un mirage.

Ton empire est aussi promis aux vils corbeaux,
Prophète, et les voilà qui planent sur Byzance;
Disparaissez, derniers rêves de la croyance,
Vieux ciels trop contemplés, éteignez vos flambeaux!
Ton empire est aussi promis aux vils corbeaux.

L'Europe est la plus forte et ne veut plus rien croire,
Malgré ses carillons menteurs pour un Très-Haut;
Elle sait que pour vivre en sa force il lui faut
Travailler et non plus se griser au ciboire.
L'Europe est la plus forte et ne veut plus rien croire.

XXXII

Vanitas Vanitatum.

C'est un caveau carré, singulier et lugubre,
Absolument sinistre et parfaitement noir,
Où, comme une mâchoire entr'ouverte, un couloir
Laisse échapper l'odeur d'une haleine insalubre.

C'est là que deux tombeaux d'évêques sont posés,
Au milieu, sous un dais, dont les pans se retroussent,
Comme les lits jumeaux des vieux époux qui toussent,
Dans la chambre à coucher, côte à côte, dressés.

Les morts que l'on étend, dans les nuits glaciales,
Fiancés deux à deux par la main du hasard,
Conservent au cercueil tous leurs tics de vieillard;
D'aucuns, se souvenant des veilles nuptiales,

Disent parfois au mort, qui tousse à leur côté :
« Qu'avez-vous donc, voisin ? — On ferme mal nos bières
Et l'un pour l'autre ils ont de si tendres manières,
Qu'ils allègent le poids de leur éternité.

« Croyez-moi, cher voisin, voici le froid automne ;
Faites bien comme moi, moi je prends mon linceul
Et m'enroule. » Un passant, mystérieux et seul,
Entend dire ces mots, sous terre, et s'en étonne.

. . . .
. . . . , . . .

Les évêques ici, le dos dans leur fumier,
Souffrent séparément dans les draps de leur couche.
Aucun mot de pitié ne leur vient dans la bouche ;
— S'ils toussent..., c'est à qui toussera le premier.

Et si quelque gros ver choisit, de préférence,
La chair de l'un des deux funèbres endormis,
L'autre aussitôt, tendant au ver ses bras blêmis :
« Ver, commence par moi, car j'ai la préséance. »

XXXIII

La Tête du Moine

Maigre comme les vieux ascètes,
Son large front se déplumait;
Aucune flamme n'allumait
Ses yeux gris comme des noisettes.

On aurait pu compter ses os,
Et sa pâleur était bizarre,
Car il avait la pâleur rare
Du double-blanc des dominos.

Sa robe était brune et de bure;
A chacun de ses mouvements,
On oyait les frémissements
Que produisait son ossature.

Avec des gestes de nounous,
Bien que très raide en sa soutane,
Ses mains longues berçaient un crâne,
Un crâne affreux, sur ses genoux.

« Tu n'as pas l'air très gai, bon moine.
— Fils, je songe à l'éternité;
La mort marche à notre côté
Et n'épargne ni roy ni royne.

— Bon moine, tu vas dépérir;
Pourquoi languir dans les ténèbres
Des contemplations funèbres ?
— Vivre n'est rien : il faut mourir.

— Avant que la mort ne nous happe,
Pourquoi caresser des tombeaux ?
Moins de cierges, plus de flambeaux,
Moins de linceul et plus de nappe !

Veux-tu connaître un idéal
Meilleur qu'un crâne de squelette,
Viens ; prenons pension complète
Au grand Hôtel Continental.

Lorsqu'on a bien soigné sa panse,
La peau se teint de vermillon,
Et l'on vit; on sent l'aiguillon
Des désirs et l'on se dépense.

— Mieux te vaudrait maigrir un peu,
Du moins autant que tu le puisses;
A quoi sert d'engraisser ses cuisses :
L'âme seule jouit en Dieu.

Cours donc à ton impure fête;
Les pécheresses ont des draps,
Mon fils, où tu te damneras :
Moi, je contemple cette tête.

— Bonsoir, moine, bien du succès.
— Bonsoir, fils, que Dieu te le rende. »
Or, un soir, chez monsieur Ballande,
Troisième Théâtre-Français,

Je m'endormis pendant cinq actes,
Et j'eus un affreux cauchemar :
La scène changée en Clamart,
Le sang pleuvant par cataractes...

Ce tableau m'étonna d'abord;
Mais mon effroi n'eût plus de borne
Quand je vis, dans la vapeur morne,
Apparaître un étrange Mort :

Ce squelette, cette attitude,
C'était mon moine : « Eh ! dis-moi, vieux,
Comment se trouve-t-on aux cieux;
Narre-moi ta béatitude. »

Le moine ne répondit point;
Sa main berçait, préoccupée,
Une tête, fraîche coupée,
Mais vivante et très bien en point;

C'était une tête superbe,
A faire envie à Rabelais;
Œil libidineux et teint frais,
Et quadruple menton imberbe.

Quel garde-manger de couvent
Avait trognonné cette face,
Qui luisait, miracle cocasse,
Dans ce chef sans tronc et vivant ?

— « Moine, explique-nous ce mystère,
Qu'est-ce que ce chef truculent ?
Jadis, c'était un crâne blanc,
Que tu palpais d'un air austère.

Qui donc a changé les méplats
Et les trous de la tête creuse ?
Moine, et ton âme, est-elle heureuse ? »
Le moine répondit : « Hélas !

« Je contemplais, sur votre sphère,
« La tête qu'un jour je ferais,
« Et je regarde avec regrets
« La tête que j'aurais dû faire ! »

XXXIV

Les Paradis fantaisistes.

I

SONNET.

Mes aieules ont cru pendant des mille années
Que l'âme, étant divine, avait des destinées;
C'est pourquoi, dégoûté d'un monde bestial,
Parfois, j'ai des rappels vers un blanc idéal.

Mes aïeux ont compris après des mille années
Qu'on les trompait par des chimères surannées,
Que les sermons étaient des farces; c'est pourquoi
J'ai senti l'ironie éclore et rire en moi.

La vieille illusion, en ma cervelle, alterne
Ses airs avec les airs de la raison moderne,
Et le tout s'entremêle en étrange opéra.

Le doute est ondoyant et fait de poésie;
Dans les champs où le blé des forts un jour croîtra,
Je te cueille, herbe folle, ô fleur de fantaisie!

II

LE PARADIS DU POÈTE.

Quand j'entrerai parmi les morts,
Je veux, par testament fantasque,
Que l'on fasse un tambour de basque
En tannant la peau de mon corps.

Ce tambour conduira la danse,
Il fera d'harmonieux bruits,
Et moi je serai gai; je suis
Un vieil ami de la cadence.

Tous mes destins seront pareils :
Vivant, mon âme était chantante;
Mort, ma peau sera bourdonnante.

Et j'attendrai les grands réveils
Plein des mêmes inquiétudes,
Et sans changer mes habitudes.

III

CELUI DU TIMIDE.

Les vieux sages, épris de la Métempsycose,
Enseignent qu'aussitôt notre paupière close,
Notre âme s'incarnant au flanc des animaux,
Recommence ses jours de hasards et de maux.
Pour moi, quand des liens de la chair se délivre
L'esprit, je crois qu'il aime étrangement revivre
En un beau végétal, aux délicats contours;
Mieux vaut renaître fleur, que ressusciter ours.
Et je serais bien plus flatté d'être une rose
Qu'un homard ; d'égayer un beau sein qu'un palais;
De mourir effeuillée au bout d'un ongle rose,
Que de périr broyé sous la dent d'un Anglais.

Aussi, ce qu'au Très Haut Souverain je demande,
Lorsque la mort, glaçant mon fin stylet qui scande
Ces vers, m'enlèvera mon haleine et ma voix,
C'est qu'il m'accueille bien et me laisse le choix.
Je lui dirai : Seigneur, discrètement recueille
Le souffle du poète, amoureux de fleurir;

Et, puisque ta bonté m'a permis de mourir,
Revêts ce qui fut moi du tissu d'une feuille.

Je serais feuille. — Heureux au rameau ballotté,
Entre terre et soleil formant une voilette,
Je vivrais tout joyeux sur mon escarpolette,
Bercé par le printemps, caressé par l'été.
Mais là, je voudrais être une feuille vulgaire,
N'ayant rien à commettre et n'ayant rien commis;
Nullement destinée à ce sort légendaire
Des choses dont on parle et des objets promis,
Des végétaux bruyants que l'indiscrète histoire
Collectionne en son magasin d'accessoire.

Dieu veuille me garder, qu'au flanc de son chapeau,
Un Camille nouveau m'improvisant cocarde,
Vibrant d'ardeur, m'arrache à ma paix campagnarde,
Agite mes couleurs comme un vivant drapeau;
Ni qu'une Ève nouvelle, aux puretés perdues,
Honteuse maintenant de ses formes à l'air,
Me prenne, et, me glissant tout le long de sa chair,
Recouvre de mon corps ce qu'on couvre aux statues.

Bon Seigneur, donne-moi de très minces destins,
Et réserve ma mort pour des cas clandestins.
Par exemple, qu'un jour, ô mon Maître, il te plaise
D'amener sous mon arbre un couple en rendez-vous :

L'air est pur, les taillis sont épais ; à leur aise
Qu'ils devisent ! Et si tu vois quelque jaloux
Survenir, songe à moi : dis à ma branche souple
De laisser choir sa feuille ; et mon frémissement
Sur le sol, troublera l'amoureuse et l'amant,
Fera prêter l'oreille et sauvera le couple.

IV

CELUI DE SAINT LAURENT.

Le jour de la saint Laurent,
Ce qui file dans le ciel,
Ce ne sont pas les étoiles;
Ce sont les petits charbons
Qui grillèrent saint Laurent.

On raconte une légende :
Saint Laurent grillait, grillait
Comme un bifteck sur son gril.
Dieu parut dans la fumée
Et lui dit ces quelques mots :

« Bon Laurent, mon confesseur,
Je suis très content de toi;
Tu ne dois pas trop jouir
Sur la braise où l'on t'a mis;
Mais je suis content de toi.

« Bon confesseur, saint Laurent,
Ces incandescents charbons,
Qui font tant fumer ta chair,
Bientôt autour de ton front
Formeront une auréole.

« Cher Laurent, mon confesseur,
Le propre jour de ta fête,
Le dix août, sur les dix heures,
En ton honneur, les étoiles
Danseront au bord du ciel. »

Le dix août, sur les dix heures,
Il se fait au firmament
Un très grand remue-ménage;
On dirait que Dieu, là haut,
Passe les astres au crible...

Dieu ne passe rien au crible;
Ce qui file dans le ciel,
Ce ne sont pas des étoiles;
Ce sont les petits charbons
Qui grillèrent saint Laurent.

10 août.

V

CELUI DU BLASÉ.

Le ciel n'a plus des tons gris d'étoffes reteintes,
Le soleil, rallumant ses fournaises éteintes,
Resplendit, et fait honte aux joueurs de billard,
Qui restent enfermés, niais, autour des bandes;
Les voitures, au Bois, se rencontrent par bandes...
Voici passer ton corbillard!

Si maladroitement et si vite partie!
Quand j'avais une fine et si rare partie,
Amie, à proposer à ton corps toujours prêt.
Imagine-toi donc que depuis le carême
Je marche à pas pressés vers la dèche suprême,
Comme un jour de paîment à la suite d'un prêt.

C'est fini; je ne puis plus rien boire d'ignoble;
J'ai trop tendu ma lèvre à l'infernal vignoble;
J'ai pris, de toutes mains, quand j'aurais dû trier.
Hélas! si tu m'avais attendu, folle amie,
Ensemble, nous rincions notre bouche blêmie,
Avec le coup de l'étrier.

Ensemble, nous prenions le coche cinéraire,
Nous partagions de cœur le psaume funéraire,
Pour emballer nos corps par des prêtres rivaux.
Vois! un enterrement complet que l'on défalque
Du prix de deux convois! Le même catafalque,
Les mêmes pleurs d'argent et les mêmes chevaux!

Puis, nous ressouvenant comment dort Héloïse
Près du noble Abeilard dans une pose exquise,
La lèvre sur la lèvre et les bras en collier,
Nous eussions demandé pour être plus à l'aise,
Aux employés gardiens du vieux Père-Lachaise :
... Un cabinet particulier!

VI

CELUI DU PARNASSIEN.

J'ai la face toute pâlie
Par un chagrin essentiel.
Je veux m'en aller dans mon ciel
Avec ma maîtresse Ophélie.

Mais, pour hâter notre vol vers
Le grave et splendide Empirée,
Jamais ma douleur empirée
N'aura recours aux revolvers.

Rêvant d'un de ces suicides
Que l'on ne voit point foisonner,
Je ne veux pas m'empoisonner
Avec de vulgaires oxydes;

Je mettrai du magnolia
Dans une onde fraîche et sans vase,
Dont je remplirai le beau vase
De pur Sèvres qu'Ophélie a.

Bouchant toutes les ouvertures
Avec d'étranges bourrelets,
Nous nous coucherons, bourrelés
De fièvre, sous les couvertures ;

Alors, lentement, sans douleurs,
La mort viendra comme un bon hôte ;
Nous nous éteindrons côte à côte,
Tués par les soupirs des fleurs.

Une fois cloués dans le coffre,
Nous dormirons ; pas d'importun,
Pas d'ami gêneur qui porte un
Bouquet, qu'à nos Ombres il offre.

Des fleurs nous auront fait mourir,
Il serait par trop ironique
Qu'à notre sarcophage unique
On vînt encor nous en offrir.

Dans les tranquillités entières
D'une immense placidité,
Je passerai l'éternité,
Loin des coureurs de cimetières,

Qui, laissant nu mon monument,
Iront porter leurs fleurs banales
A ces trépassés sans annales
Qui sont morts n'importe comment.

XXXV

Ames et Dieux.

Certes, ce fut un temps glorieux quand la terre,
Aux premiers jours, vivait harmonieusement;
Nul souffle ne troublait l'espace solitaire;
Tout palpitait dans un égal enivrement.

La fleur se flétrissait, mais n'était pas cueillie,
Les animaux mouraient, mais n'étaient pas tués;
L'homme apparut, dans la nature recueillie,
Et tout calme s'enfuit des airs prostitués.

Les choses qui vivaient, superbes et sereines,
Avec leur harmonie et leur égalité,
Dans le lit du tyran, cessèrent d'être reines,
Et le grand Tout perdit sa divine unité.

Si ce temps fut jamais, ô bible, ô fable, ô rêve!
La paix mourut et la nature prit le noir,
Le jour trois fois néfaste, où notre grand-mère Ève,
Des feuilles d'un figuier fit le premier peignoir.

Sous ta feuille vivante, ô figuier, une flamme
S'éveillait aux flancs d'Ève et lui mordait le sein;
Elle connut la faim blême et la soif infâme,
Et sa chair appela le germe de Caïn.

... Mais pourquoi raviver ces bibliques histoires
Qui font naître un sourire irrévérencieux;
Oh! si nos jours parfois semblent expiatoires,
La faute n'en est pas à nos premiers aïeux.

Ceux-ci, nous les voyons errer sous les portiques
De feuilles des forêts, sans regarder les cieux;
Les coupables, ce sont leurs enfants trop mystiques,
Qui nous ont inventé des âmes et des dieux.

Passez, tourbe de dieux, peuple au galbe fantasque,
Œuvres d'hommes par trop jeunes et si hâbleurs
Que, pour vous embellir, ils vous donnaient leur masque,
Couturé par le rire ou sali par les pleurs.

Tour à tour, vous avez trôné sous les arcades
Des temples, adulés, avec prosternement;
Depuis, nous avons fait de vous des cavalcades
Et de la poésie officiellement.

Et l'homme poursuivit ses folles promenades
Par les siècles, fouetté d'un désir immortel,
Changeant de dieux, d'encens, de ciel, de colonnades,
D'imaginations, de prêtres et d'autel.

Si bien que, s'essoufflant à gonfler des chimères,
Pour faire un but fictif à l'Univers souffrant,
La vieille humanité mit son âme aux enchères,
Et, lasse, la vendit au dieu le plus offrant.

Aujourd'hui que la foi ne vit plus sous la lettre,
Adieu les ciels rêvés, — ciels de lit du cercueil, —
Et l'homme se désole et ne sait plus où mettre
L'âme qu'il s'inventa dans un moment d'orgueil.

XXXVI

L'Éternité.

L'homme oscille au milieu des promesses du sort,
L'éternité l'effraie à l'égal de la mort.

— « Tu vivras glorieux dans des apothéoses;
Comme le sybarite antique, un lit de roses
Moelleux et triomphal, recevra ta beauté
Et la perfection de ta virilité.
La vierge la plus pure, incessamment penchée
Sur toi, tiendra ton âme à sa lèvre attachée,
Et son amour sera plus ferme que le roc
Et sans retour. Puis, tu choisiras dans le choc
Des nations les mieux faites pour l'épopée,
Le plus grand nom éclos aux lueurs de l'épée.
Cette vierge et ce nom seront à toi. Veux-tu
Être un héros d'honneur, sans avoir combattu?

Être un héros d'amour, sans crainte du mensonge
De la bouche et des yeux ? Réaliser le songe
Du baiser sans morsure et du pur idéal ?
Plus fort que Jéhovah, Brahma, Zeus et Baal,
Connaître mot à mot, à fond, la grande pièce
Du monde, sans quitter la coupe de liesse,
Pleine d'une liqueur impossible à tarir ?
Mais, avec tout cela, veux-tu ne pas mourir ?

Tu vas mener le train des Héliogabales ;
Un char retentissant, escorté de cymbales,
T'emportera, debout, dans la poussière d'or...
Lorsque tous sont brisés, vois, le tien roule encor !
Tes désirs d'empereurs apaiseront des reines ;
Vitellius lui-même, engraissé de murènes,
Envierait la splendeur rare de ton banquet.
Tu cueilleras le monde entier comme un bouquet.
Tes étonnants plaisirs n'auront pas de redites,
Et les secrets perdus des nations maudites,
Tu pourras les goûter dans tous les Alhambras ;
Tu tiendras, mieux que Cléopâtre, entre tes bras.
Et les hommes mourront ; tu diras à ces hommes :
« Mourez ! » toi, tu vivras raillant leurs derniers sommes,
Raillant leur agonie et leur fragilité,
Car tu vivras pendant toute l'éternité.
Veux-tu ?

— Si j'acceptais, pacte irrémédiable,
Comme le docteur Faust, tenté par le diable,

Mon ciel, en commençant, constellé de rayons,
Bientôt s'assombrirait ; les désillusions,
Avec des gestes fous de femmes désolées,
Marcheraient devant moi sous de noires allées,
Aux files de cyprès qui n'en finiraient pas.

Penser qu'après ce pas viendra toujours un pas,
Que, toujours devant soi, mon âme inassouvie,
Ainsi que du gravier, pousserait de la vie !
Marcher, toujours marcher, juif errant du bonheur.
Misère !

J'envierais tous ceux dont le sonneur
Carillonne le glas, tous ceux dont la mort fige
Les yeux et qui s'en vont, délivrés du vertige,
Sous les tombeaux épais dormir le bon repos.
— Femmes, trêve à l'amour. Enlevez ces drapeaux !
Depuis seize mille ans, c'est la même fanfare.
Les vaisseaux, tourmentés dans la nuit, ont le phare
Qui les réconcilie avec l'obscurité ;
Moi, pas un point saillant dans mon éternité !
Enlevez ces drapeaux, emblèmes de victoire,
Car je vivrai toujours ma vie expiatoire :
Je sais qu'ils me seront fidèles, j'y tiens peu.
A quelque bien j'aurais besoin de dire adieu.
Qu'on jette ces drapeaux ! qu'on brise cette coupe,
Car sur mon implacable azur ne se découpe
Aucune vision, et je boirais en vain ;
Rien ne me sourira dans les vapeurs du vin !

Renversez le banquet, car la vieille nature
Ne peut rien me donner de neuf pour nourriture;
Je me meurs d'appétit, ainsi qu'au premier jour.
C'est fini. Rien n'est plus : femme, trêve à l'amour!

— Non, ce n'est pas fini : marche sans cesse, marche!
La terre tourne et l'eau toujours roule sous l'arche;
Vis donc encor. — J'irais, en portant sur mon dos,
Tous les ans écoulés comme d'épais fardeaux,
Et pensif, je verrais, écrasé sous ma charge,
Les peuples, pleins d'orgueil, marcher à pas de charge
Vers quelque but lointain, qu'ils n'atteindront jamais,
Mais chacun s'écrier, en mourant : Je renais!
Pétrifié, sentant mes forces abattues,
Je porterais ces poids énormes des statues
Que le sculpteur plaça dans les grands monuments
Anciens, et qui, debout près des entablements,
Semblent porter la masse entière des toitures ;
L'Univers agissant est né pour leurs tortures :
Sous leurs yeux morts, devant leurs expiations,
S'écoule le torrent des générations.

Je veux voir le soleil de mon heure dernière;
Je suis las, laissez-moi retourner en poussière,
Me coucher et dormir dans le tombeau béant...
Voici l'éternité — je reprends mon néant. »

TOAST AU SOLEIL

TOAST AU SOLEIL

Voici qu'à l'orient, l'aube éteignant le lustre
Des étoiles, paraît, discrète à son balustre;
Le soleil, qui ne règne encor qu'incognito,
Dans la vapeur, se taille un étrange manteau,
Et, couché sous l'amas des teintes rouges d'ocre,
Modeste et gris, se plait dans un jour médiocre.
Mais bientôt une écharpe où luit un signe d'or
Annonce aux cieux qu'il va, dans un immense essor,
Globe prodigieux, dardant ses flammes jaunes,
S'élancer vers l'azur démesuré des zones.
Sur son chemin déjà, le firmament bleuit;
De glissantes clartés persécutent la nuit,
Qui, languissamment lutte, et faiblit, et s'efface,
En laissant pour derniers vestiges, sur la face
De l'astre, un voile d'ombre où s'émoussent ses traits·

Oh! monte! aveugle-nous! dans ta gloire apparais!
Salut soleil! aïcul universel! Le monde,
Qu'entretient le baiser de ta lueur féconde,
T'attendait. Car la terre est un flot refroidi
Qui, jailli de tes flancs, tournoyant, attiédi,
Se figea peu à peu, s'orna de créatures
Et devint dans l'espace une de tes natures.
Elle mourrait sans tes embrassements ardents;
Sortis de ta chaleur, nous en vivons, et dans
Les ondulations actives de tes flammes,
Nous puisons ces vigueurs qu'on appelle nos âmes;

Rien n'est qui ne soit fils de ses travaux sacrés:
Il a vivifié l'être, à tous les degrés;
Le sang court sous la peau, la sève sous l'écorce,
A son appel. Il est le total de la force.
Si bien, que, grelottant auprès d'un cendrier,
Des peuples l'ont fait roi de leur calendrier;
Et les religions, qui passent quand il reste,
Toutes, sous son pouvoir, s'inclinent sans conteste.
Prêtre immuable, au sein des mondes gravitants,
Aux Dieux, aux Saints, il fait leur jour, règle leur temps;
A chacun son rayon! Aux cultes vieux ou jeunes,
Il sonne le signal du triomphe ou des jeûnes!

... Mais il monte. Voilà que son disque élargi
Ne plonge qu'à moitié, comme en un bain rougi.

Tout à l'entour la nuit qui l'étreignait, s'effrange,
Formant des plaques d'ombre où le gris et l'orange
Comme en une mêlée immense de drapeaux,
Flottent en se heurtant, tumultueux lambeaux.
Et radieux, devant l'humanité ravie,
Il monte, fulgurant, il monte ; c'est la vie !
Il se jette en plein ciel ; il règne, il est sultan ;
Il vit ! il fouette, avec son rayon insultant,
La Nuit, cette boiteuse au manteau noir ; les rêves
Mauvais, les cauchemars poignants comme des glaives,
Comme au coup de clairon brusque et répercuté,
Des camps vont délaissant le cœur ressuscité.

La nuit, c'est la méchante et louche entremetteuse,
La reine des forfaits, la débauche honteuse,
D'où l'on sort accablé par ce vague effrayant
Et ces étirements nerveux, vers le néant ;
Mais, lourds désirs, torpeurs, tout fuit, tout fuit, quand l'aube
Pose son pied qui saigne, à l'orient du globe,
Et, dans l'explosion des cieux resplendissants,
Le grand soleil défait les songes malfaisants.
Les doutes et le spleen qui tiennent, dans leur cangue
Mortelle, les enfants de notre siècle exsangue,
Encor tristes d'avoir perdu l'éternité,
Se dissolvent devant la virile clarté.
Tant qu'il luit en sa franche ardeur, il nous délivre ;
Nous n'avons plus besoin de mensonges pour vivre ;

Il nous suffit! On marche, allégé des fardeaux
De la nuit, fier et fort; il pénètre les os,
Du feu le plus subtil de ses splendeurs ignées :
C'est le libérateur des vigueurs enchaînées!

O frères qui chantez, ô poètes, debout,
Dans l'air vibrant, les yeux levés au ciel, où bout
L'essence de la vie en ces fournaises rouges,
Fuyez l'énervement des prêtres et des gouges,
Venez fortifier vos corps aux rayons clairs;
Tendons l'oreille avec extase, et, par les airs
Ecoutons le travail des mondes; puis, en groupes,
Scandant à l'unisson, avec des chocs de coupes,
L'hymne joyeux de la Nature à son réveil,
Portons, dans un grand toast, la santé du Soleil.

TABLE

DANIELE.

LES SOUPEUSES.

LA LOI DES CHOSES.

LES PARADIS IRONIQUES.

Achevé d'imprimer

le vingt-cinq novembre mil huit cent quatre-vingt

PAR CH. UNSINGER

POUR

ALPHONSE LEMERRE, ÉDITEUR

A PARIS

POÈTES CONTEMPORAINS

Paris. — Typ. Ch. Unsinger, 83, rue du Bac.

www.ingramcontent.com/pod-product-compliance
Ingram Content Group UK Ltd.
Pitfield, Milton Keynes, MK11 3LW, UK
UKHW031908260826
14628UKWH00003B/1066

9 782019 293024